CADET-ROUSSEL

EMBÊTANT NICOLAS.

(L'EMPEREUR.)

PARIS,

A la Librairie passage du Commerce, 5.

—

1854.

CADET-ROUSSEL EMBÊTANT NICOLAS.

(L'EMPEREUR.)

CHAPITRE Ier.

Comme quoi Cadet-Roussel n'est pas mort.

On a cru longtemps que Cadet-Roussel était mort, c'est une erreur. Un manuscrit de la plus haute importance, récemment trouvé à Odessa dans la boutique d'un épicier, donne un démenti formel à cette opinion. D'où je conclus que Cadet-Roussel n'a fait que changer de climat et qu'il habite quelque steppe de la Russie. Ce manuscrit prouve en outre que Cadet-Roussel vit en philosophe, et cultive, dans ses moments perdus, la poésie d'Ésope, de Phèdre et de Lafontaine. — Quand je pense à la découverte de ce monument littéraire, je ne puis m'empêcher de bénir les bienfaits de la guerre ! Et il y a encore des gens qui ne veulent pas qu'on se batte ! Car enfin, cher lecteur, supposez la paix, et le manuscrit dont je parle, mutilé, déchiré par la main de cet infâme épicier russe, allait infailliblement envelopper le poivre et la canelle. — Quelle honte !—Heureusement la trompette de la guerre a sonné, le sang a coulé, le port d'Odessa fut mis en cendre, et le livre, protégé par le destin, est sorti, sain et sauf, de ces débris fumants !

Les admirateurs de Cadet-Roussel en chanteront un

Te Deum. — Les Rois et les Empereurs en chantent quelquefois pour des triomphes moins justes et des résultats moins satisfaisants.

Voilà ce qu'un jeune guerrier de mes amis qui se trouvait à la bataille se donne la peine de m'apprendre dans une lettre que je ne vous communiquerai pas.

Enfin le livre est entre mes mains ; malheureusement, il est écrit dans un idiôme russe très barbare. Comme je ne l'entends pas, je vais vous le traduire, si je l'entendais, je ne vous le traduirais pas. Toutes les traductions ne se font pas autrement.

La première difficulté qui se rencontre est précisément le nom de l'auteur qui se cache modestement sous ces trois initiales : A. C. R. : mais un savant de mes amis, habitué à donner un sens quelconque aux hyérogliphes les plus indéchiffrables, m'affirme que cela veut dire : Ancien Cadet-Roussel. Or, le livre portant la date de 1854, l'existence de Cadet-Roussel est scientifiquement démontré, ou mon ami le savant n'est qu'un âne.

CHAPITRE II.

Où Cadet-Roussel commence à embêter l'Empereur Nicolas dans la personne des Académiciens de Saint-Pétersbourg.

Toutes les géographies du monde vous diront que St.-Pétersbourg a une Académie impériale, composée de 40 fauteuils destinés aux savants et aux poètes de ce vaste empire. Malheureusement le but de cette institution n'est pas toujours atteint. Ainsi, un poète qui vient à mourir est remplacé par un homme de cour ; un historien, par un homme d'église ; un savant, par un cordonnier, etc... Je sais bien que cela vous paraît d'autant plus bizarre que vous n'avez pas l'habitude de voir ces turpitudes à l'Académie de Paris. Là, c'est bien différent, le choix des candidats est irréprochable ; la poésie succède à la poésie, la science à la science, l'histoire à l'histoire... Il est vrai que dernièrement encore on prétendait le contraire ; mais ce sont des calomnies inventées par les envieux. Sait-on, au définitif, ce qu'un homme a dans son sac ?

Toujours est-il que Cadet-Roussel, indigné contre l'Académie de Saint-Pétersbourg, prit la plume et composa cette première fable que nous traduisons le mieux possible.

A L'ACADÉMIE DE SAINT-PÉTERSBOURG.

Les Oiseaux académiciens.

FABLE.

Jadis quelques oiseaux, professeurs de musique,
Possédaient dans les bois un cercle académique.
N'en riez pas, Messieurs, j'en ai mille témoins.
Certe, une Académie est chose assez commune ;
Mais s'ils n'en avaient pas, vous conviendrez du moins
    Qu'ils pouvaient en avoir une.

Un jour que, du printemps, il chantait le retour,
La mort, sur le pinson, s'abat comme un vautour.
Hélas ! l'homme et l'oiseau ne sont rien dans l'espace !
    Il chantait !
    La mort passe,
    Il se tait !...

  Grande rumeur parmi nos volatilles !
Dans leur Académie il faut un remplaçant.
L'intrigue met en jeu mille ruses subtiles,
Et pour un qui rend l'âme en voici plus de cent :
Le canard, le dindon, le paon, tous gens de plumes
Dont le monde connaît la sottise et l'orgueil,
Se présentent armés de livres, de volumes,
Dans le riant espoir d'occuper son fauteuil.

Cependant on comptait plus d'un oiseau poëte
     Parmi les concurrents.
C'étaient le sansonnet, le merle, la fauvette.
Bien plus, le rossignol s'était mis sur les rangs.
Qui fut nommé, Messieurs? je vous le donne en trente.
    Le rossignol?... la fauvette?... — Pardon ,
    On choisit mieux chez les quarante.
    Ce fut le paon, le canard, le dindon ;
Mais comme un suffisait on fit un ballotage,
Et, grâce à son habit, le paon eut l'avantage.

CHAPITRE III.

Où Cadet-Roussel continue d'embêter l'empereur Nicolas dans la personne des barbouilleurs et des rimailleurs de la Russie.

Il paraît que les écrivains de ce pays-là sont d'une outrequidance qui n'a pas de nom. Ils n'ont pas écrit quatre lignes qu'ils voudraient que toutes les trompettes de la Renommée sonnassent leurs louanges. J'ai interrogé le savant ami dont j'ai parlé plus haut, sur la cause de cet orgueil insupportable, et il m'a démontré, par A plus B , que cela tient à la température du Nord. — En effet, il est bien certain que, sous notre ciel tempéré, la première qualité des écrivains, c'est la modestie. Vous pouvez le leur demander, vous verrez ce qu'ils vous répondront. Or donc, il arriva que Cadet-Roussel fut un jour dans un cercle d'écrivassiers russes très vantards qui se cassaient mutuellement l'encensoir sur le nez , et se plaignaient de l'injustice du siècle à l'endroit de leur mérite. Le pauvre homme ne put y résister. Pour la première fois de sa vie, il regretta de n'être pas sourd. Cette idée le conduisant tout naturellement à se boucher l'ouïe, il pria un bas-bleu qui était là, et qui avait de robustes appas, de lui donner un peu du coton qui se trouvait dans les avant-scènes de son corset. Mais il eut beau se calfeutrer les oreilles, il y a des choses qu'on entend toujours trop. Il prit donc sa canne, son chapeau, et s'enfuit sur les hauteurs du Pinde, où le dieu de la Lyre lui dicta cette autre allégorie.

AUX POÉTES RUSSES.

Le Coq et le Poulet.

FABLE.

Sur son mérite, à tort, souvent on s'extasie.
Je me trouvais, un jour, parmi quelques rimeurs,
Quand l'un, qui se croyait un aigle en poésie,
Se mit, contre le siècle, à pousser des clameurs.
« C'en est fait, disait-il, il faut briser sa plume !
« Le talent, de nos jours, n'est plus considéré.
« Comment, je viens d'écrire un superbe volume ;
« J'ai fait un drame en vers, et je suis ignoré ! »

Fatigué de l'entendre accuser son époque,
Mon jeune ami, lui dis-je, écoutez, s'il vous plaît :
Depuis une heure à peine, échappé de sa coque,
    Un tout petit poulet
S'avisa d'annoncer le retour de l'aurore.
(Vous savez qu'à cet âge on s'avise de tout.)
« Chantons, se disait-il, et que ma voix sonore
    « Retentisse partout !
« Je veux que le fermier, le village et la plaine
« Entendent de mes chants le formidable écho ! »
    Et le voilà, faisant à perdre haleine
      Cocorico ! cocorico !

Cependant le fermier, la plaine et le village
    Dormaient toujours.
Un silence profond couvrait le voisinage.
« Il faut, murmurait-il, que ces gens-là soient sourds. »
— « Non pas, lui dit un coq témoin de ses merveilles,
« Depuis une heure envain j'écoute à quelques pas.
    « Si j'en crois mes oreilles,
    « C'est vous qu'on n'entend pas.
« Je comprends ce besoin de vous faire connaître,
« Mais avant de chanter, prenez le temps de naître. »
Et pour lui démontrer que l'on n'était pas sourd,
Notre coq, annonçant le jour prêt à paraître,
Réveilla le village et l'écho d'alentour !...

CHAPITRE IV.

**Où l'on voit que Cadet-Roussel va à la Chambre et n'est pas
content des Orateurs.**

Une des manies les plus déplorables des Démosthène,
des Cicéron et des Mirabeau de notre temps, c'est de
s'occuper bien moins des intérêts du peuple que du soin
de bien parler. Cette manie est telle, qu'il leur serait plus
agréable de perdre leur pays dans un style pompeux, que
de le sauver sans parler.

C'est ce que Cadet-Roussel, au dire du manuscrit que
j'ai sous les yeux, observa le jour qu'il alla voir au par-
lement comment se traitaient les affaires de la Russie.
« Ah ! dit-il, quelle différence avec le Sénat et le Corps
législatif des Français ! » Et dans son indignation, il dé-
dia le morceau suivant :

AUX ORATEURS RUSSES.

L'Ane et le Bœuf.

FABLE.

Devant leurs compagnons réunis en séance,
L'âne, au bœuf, disputait le prix de l'éloquence.
— Parbleu, me dira-t-on, voilà qui paraît neuf.
Qu'a l'éloquence à faire entre l'âne et le bœuf?
— Pardonnez-moi, Messieurs, j'ai vu, cent fois pour une,
Plus ânes que ceux-ci monter à la tribune.
Mais laissons ces messieurs, dont je fais un grand cas.

Voilà donc mes deux sots qui font les avocats,
Que le bœuf argumente au lieu de brouter l'herbe,
Et que l'âne répond par un hi-han superbe.
Si l'un faisait à l'autre un compliment flatteur,
Aussitôt celui-ci, tout gonflé d'épithètes,
Le traitait d'honorable ou d'illustre orateur!
Cela, bien entendu, dans le style de bêtes.

Ils passèrent un jour à perdre ainsi le temps.
(Les mauvais orateurs parlent toujours longtemps.)

Quand on eut, jusqu'au bout, subi ces deux profanes,
Il fallut, bien ou mal, se prononcer sur eux;
Mais, hélas! entraînés par de si beaux organes,
On ne pût décider qui l'emportait des deux.
      « — C'est l'âne, disaient les ânes!
      « — C'est le bœuf, disaient les bœufs! »
Et selon qu'on savait beugler, brailler ou braire,
Chacun se couronna dans son propre confrère.

CHAPITRE V.

Dans lequel Cadet - Roussel nous apprend que les courtisanes du Nord sont plus faciles aujourd'hui qu'au temps où l'abomination de la désolation régnait dans Sodome et Gomorrhe.

Écoutez, ô pécheresses de toutes les nations! et convertissez-vous!!

J'avais envie d'ouvrir une parenthèse en faveur des dames de Paris; mais le lecteur comprendra suffisamment qu'il n'est pas question d'elles dans le morceau qui suit.

AUX COURTISANES RUSSES.
Le Calife Abdérame.

CONTE ORIENTAL.

« L'or est une chimère, » a dit souvent le sage.
Je vais vous démontrer, moi qui n'ai pas le sou ,
Que l'or, quoi qu'on en dise, a bien son avantage ,
Et qu'un sage, parfois, raisonne comme un fou.

Abdérame premier, qui fut puissant et brave ,
Aimait éperdûment Paquita, son esclave.
Paquita, la sultane, aux lèvres de corail,
Etait assurément la perle du sérail.
Mais en revanche aussi quelle tête bizarre !
(Une femme accomplie est un objet si rare !)
Misanthrope le soir, espiègle le matin ,
Le diable, à la servir, eût perdu son latin.
Puis c'était, tous les jours, quelque trait de folie.
Le calife en riait, elle était si jolie !

Nous sommes ainsi faits : plus ces gentils démons
Nous déclarent la guerre et plus nous les aimons.
La discorde, pourtant, qui trouble les ménages,
S'envint au milieu d'eux. Pourquoi? Je n'en sais rien.
Hélas ! comme le ciel, l'amour a ses nuages !
Mais la belle bouda si long-temps et si bien,

Qu'Abdérame, fâché d'avoir pu lui déplaire,
Envoya son eunuque avec un billet doux.
Le billet fut brûlé par la belle en courroux,
Et l'eunuque reçut un soufflet, pour salaire.
Ce que c'est, cependant, qu'une femme en colère !
Néanmoins le calife insistait chaque jour ;
Mais voyant de quel air on traitait son amour,
Il crut bon d'envoyer, auprès de la sultane,
Le grand caïmacan, le visir, le muphti.
La belle se moqua de la Cour ottomane,
Et chacun s'en revint comme il était parti.
« Seigneur, lui dit l'un d'eux, votre esclave adorée
« De son appartement vous interdit l'entrée,
« Et loin de vous y faire un favorable accueil,
« Elle aime mieux, dit-elle, en voir murer le seuil.
« Elle l'a, devant nous, juré par le prophète ! »
— « Eh bien ! dit le sultan, sa volonté soit faite. »
Et soudain, sur sa porte, en homme intelligent,
Il fit construire un mur tout en pièces d'argent.
Paquita, qui savait combien l'or est utile,
En prit une, puis deux, puis vingt, puis cent, puis mille.

      Bref, elle y toucha tant,
      De sa main blanche et fraîche,
      Que le soir, le sultan
      Pénétra par la brèche.

Honneur à toi, Plutus, voilà de tes succès !
Cependant aujourd'uui la femme est moins altière ;
Et pour ouvrir sa porte à nos sultans français,
Hélas ! plus n'est besoin d'une muraille entière.

Le lecteur remarquera que notre impuissance de traducteur s'est manifestée dans cet hémistiche de la fin : *A nos sultans français.* Le texte original porte sultans russes ; mais il me fallait une rime à *succès.* Notre langue est si pauvre ! Voilà ma raison. Quoi qu'il en soit, on ne pourra toujours pas dire que je suis sans rime ni raison.

CHAPITRE VI.

Où l'on voit que l'embêtement de Cadet-Roussel prend un caractère révolutionnaire.

L'empereur Nicolas ayant dit, à propos de la question d'Orient, *qu'il dépenserait jusqu'à son dernier homme*, Cadet-Roussel se donne ici la peine d'apprendre à l'autocrate du Nord qu'un Empereur ne vaut ni plus ni moins qu'un esclave, et que par conséquent, il devrait bien commencer par se *dépenser* lui-même, ce qui simplifierait la question.

A L'EMPEREUR NICOLAS.

L'Égalité.

FABLE.

Certain fou couronné, confit dans son orgueil,
Se croyait au-dessus de l'humaine nature.
Envain, d'un pas rapide, il allait au cercueil,
Pour lui, l'Égalité n'était qu'une imposture.
Aussi, quand il passait, il voulait qu'en tout lieu
Son peuple s'inclinât comme devant un dieu.
Il aurait volontiers, sur la place publique,
Au sommet d'un bâton mit sa couronne en l'air,
Afin que le passant fit, à cette relique,
Le salut qu'on faisait au bonnet de Gesler.

Mais un jour qu'entouré d'une brillante escorte,
Monseigneur s'amusait..... quelqu'un frappe à sa porte;
Entre malgré la garde, et, sans être invité,
Apparaît tout-à-coup devant Sa Majesté !|

C'était un inconnu couvert d'un manteau sombre,
Fantôme qui, sans bruit, s'avançait comme une ombre.

« Insolent ! dit le Roi,
« Paraître devant moi,
« Le chapeau sur la tête !
« Gendarmes, qu'on l'arrête ! »

Mais il commande envain, les gardes, à sa voix,
Refusent d'obéir pour la première fois.
La crainte les saisit, l'effroi les environne ;
Tout fuit épouvanté, les courtisans d'abord ;
Lui-même, de son front, sent tomber la couronne :
Il avait devant lui le spectre de la mort !

CHAPITRE VII.

Où Cadet-Roussel devient de plus en plus révolutionnaire.

L'empereur Nicolas ayant levé plusieurs millions d'impôts sur ses troupeaux d'esclaves, afin de soutenir dignement la sainte cause de la sainte religion, Cadet-Roussel écrit aux peuplades du nord que leur généreux Souverain n'a pas plus le droit de dépenser leur dernier écu que leur dernier enfant.

Cette témérité, parvenue à la Cour de Russie par le canal d'un courtisan ennemie de la fable, mit l'Empereur dans une grande colère contre Cadet-Roussel qui n'eut que le temps de prendre la fuite. C'est toujours ce gueux d'argent qui fâche les meilleurs amis.

AUX IMPOSÉS DU NORD.

Le Meunier et l'Ane.

FABLE.

Certain meunier, dit-on, à la rapine enclin,
Possédait un roussin d'une antique origine,
Qui, depuis bien longtemps, de la ville au moulin,
Portait et reportait le son et la farine.

Jamais, depuis qu'aux champs les moulins font tic, tac,
Beaudet, plus humblement, n'avait porté le sac.
Notez que le meunier lui devait sa fortune.
Mais voici qu'un beau jour, par un trait inhumain,
Le cruel, sur son dos, met deux charges pour une.
« Si du moins, au retour, disait l'âne en chemin,
« J'avais ce qu'il me faut : bon gite, paille fraîche,
« Eau claire en abondance et chardon dans ma chrèche,
          « Je ne dirais rien,
« Mais je ne dîne pas, quand je le voudrais bien,
          « Et ma maigreur extrême
« Prouve que, trop souvent, j'observe le carême. »
          Et sur ce beau discours,
Le pauvre Aliboron, trottait, trottait toujours.

A quelque temps de là, le meunier, maître ivrogne,
Qui ce jour-là, je pense, avait bu sans raison,
S'avisa de nouveau d'augmenter la besogne
          De son pauvre grison.
Ce que c'est, cependant, qu'un verre de Bourgogne !
« Ce gaillard est, dit-il, plus fort que je ne crois,
« Et, s'il porte deux sacs, il en peut porter trois. »
Et voilà qu'à ces mots, sans crainte de l'abattre,
De deux, il passe à trois, et de trois passe à quatre.
Lui-même, sans pitié pour son vieux serviteur,
Sur ce pesant fardeau s'assied comme un docteur.
Mais tandis qu'il se carre, assis sur sa farine,
L'animal irrité, dilatant sa narine,
Culbute le meunier qui, la tête en avant,
Dans le fossé voisin fit le moulin à vent.

Voyant qu'on ne comprenait point son apologue, Cadet-Roussel s'empressa de demander pardon au meunier de la fable, d'avoir fait un parallèle injurieux entre lui et l'empereur Nicolas, et pardon à l'âne, de lui avoir comparé les imposés de la Russie.

CHAPITRE VIII ET DERNIER.

Où l'empereur Nicolas se venge lâchement sur les fables de Cadet-Roussel.

Alors il se fit un grand bruit dans Saint-Pétersbourg, dans Pétersbourg, dans Schlawelbourg, dans Yambourg, dans tous les bourgs et les faux-bourgs de la Russie. Les académiciens, les rimailleurs, les barbouilleurs, les orateurs, les courtisanes qui n'avaient pas osé se plaindre jusqu'alors, ayant appris que Cadet-Roussel avait personnellement et poétiquement embêté Nicolas par ses deux dernières fables, le signalèrent comme l'un des membres les plus dangereux du club des Étouffeurs, qui se tenait dans un antre sauvage, sur les bords de la Néva. L'empereur vengea sa cause en feignant de venger la leur. En conséquence, il prit une plume qui avait la forme d'un poignard, la trempa dans le sang, et écrivit cette ordonnance qui fait frémir la nature :

« Moi, etc..... Au nom de la sainte religion, dont je « suis le premier ministre, déclare que la tête de Cadet- « Roussel est mise à prix. Ordonne que son livre sera « lacéré par la main du bourreau, et que chaque fable « servira à bourrer le fusil de mes soldats, afin d'être cra- « chée au nez des Français à la première rencontre. »

Cette incroyable ordonnance contre Cadet-Roussel se voit encore à Saint-Pétersbourg sur les murs de l'hôtel des Cadets. Son élévation l'a sauvée de la fureur des chiffonniers. On peut aller la voir.

Toujours est-il qu'à l'affaire d'Odessa, un académicien de Paris qui était allé jouir du bombardement, dans l'espoir d'y trouver un sujet de tragédie, a reçu la fable des *Oiseaux académiciens* en pleine poitrine. L'infortuné faillit être victime de son dévouement pour la littérature.

J'attends la fin de notre expédition en Orient, pour vous dire quels sont les malheureux qui ont été blessés par les autres fables.

Aug. ROUSSEL.

Versailles. — Imprimerie de DUFAURE, rue de la Paroisse, 21.